AVIS IMPORTANT

A

MONSIEUR GOYET,

P A R M. J.

AU MANS,

De l'Imprimerie de Monnoyer, Imprimeur du ROI.

1818.

AVIS IMPORTANT

A

MONSIEUR GOYET,

Par M. J.

Mes avis au public, sur les vilaines brochures
que l'on imprime au Mans, et qu'on fait circuler
tant qu'on peut dans la ville et les campagnes, ne
paraissent pas vous être fort agréables : on dit même
que vous en êtes devenu rêveur et tout chagrin ;
que le rouge vous est monté à la figure, et que,
dans l'accès de la plus violente colère, vous avez
juré de faire payer chèrement à l'auteur ses airs et ses
tons.

Mais comme il est nécessaire, avant tout, de le
connaître, vous avez pris les moyens d'arriver jusqu'à son gîte ; vous l'avez suivi à la piste, croyant
bien qu'il ne vous échapperait pas, et vous n'avez
rien pris. Si par malheur vous étiez tout - puissant,
quelque part qu'il allât il serait sans doute mal caché.
Mais votre pouvoir n'est pas assez étendu pour que
votre courroux soit si redoutable. Je vous avouerai,
sans beaucoup de crainte, que ce diable d'auteur qui
vous déplaît tant n'habite pas loin de vous, et se pro-
mène tranquillement dans les rues quand il lui plaît.

Si vous eussiez paru attacher moins d'importance à
connaître mon nom, je vous l'aurais plus volontiers dé-
cliné tout au long ; il n'est point un péché, ni une in-
famie : je m'honore de le porter, et je ne crains point

ce que vous en pourriez dire. Mais puisque vous vou- lez l'arracher de vive force, je m'obstine à ne pas vous le manifester. Votre caractère est un peu bourru et mal fait; il a besoin d'être corrigé. Or, ce ne serait point en cédant à tous vos caprices, en contentant vos désirs, qu'on referait votre humeur. Les contraires se guérissent par les contraires. Ce remède, à la vé- rité, paraît dur à ceux qui ne l'avaient pas prévu; ils rechignent ordinairement, surtout les premières fois. Voilà sûrement pourquoi, M. Goyet, vous vous êtes si vivement emporté au premier abord, lorsque vous avez vu des brochures opposées à vos pam- phlets.

Vous aviez acquis, par un mois de prescription, le droit de parler à votre aise au public, de lui conter ce qu'il vous plaisait, de traiter chacun comme il vous convenait, et vous n'aviez pas même la pensée qu'on osât vous contredire. Sans doute, il aurait été plus flatteur pour votre vanité de vous voir applaudi de tous universellement, et de pouvoir sans obstacle endoctriner tous les ignorans par vos mensonges et vos absurdités. Mais, M. Goyet, la vérité doit aller avant tout; vous en parlez quelque part, quoique vous n'ayez pas grand commerce avec elle. Si vous aviez l'esprit bien tourné, vous sauriez gré à ceux qui ont la charité de vous redresser, en vous faisant aper- cevoir vos écarts et vos bévues.

La plus grande sottise que vous puissiez faire, est de vouloir, à quelque prix que ce soit, soutenir celles qui vous sont arrivées, de vous prétendre impeccable, ou de vous montrer incorrigible. Vous savez le pro- verbe latin : *Errare humanum est, perseverare dia- bolicum*, ou si vous ne le savez pas, je vous l'expli- querai quand vous voudrez.

J'ai grand'peur que ce proverbe ait en vous une application trop réelle. Car, si on ne m'a point trompé, vous n'êtes guère disposé à revenir sur vos pas. Comme ces êtres mutins qui s'élancent contre les coups qu'ils reçoivent, au lieu d'examiner vos fautes avec calme, de les avouer franchement, ou au moins de vous appliquer à n'en plus faire de semblables, le sang vous bout dans les veines, votre cœur s'aigrit, votre ame s'irrite, tous vos efforts se dirigent vers celui qui a cherché à vous instruire, en prémunissant contre vos erreurs ceux qui auraient pu être égarés.

Vous voulez absolument savoir comment je m'appèle, afin, sans doute, de me citer d'abord *devant le Tribunal de l'opinion publique*, et peut-être ensuite devant quelques autres tribunaux. Vous avez prié et sollicité l'imprimeur de me dévoiler, de vous faire connaître mes noms, qualités et demeure, pour abréger par-là vos poursuites, et vous mettre dans le cas d'obtenir de moi ce que vous avez le droit d'en attendre. Je n'ai jamais renié mes dettes, et je suis tout prêt à vous payer en bonne monnaie ce dont je puis vous être redevable. Il n'était pas nécessaire de faire pour cela tant de tapage chez M. Monnoyer, et de lui envoyer de suite une magnifique assignation, comme si j'avais été vous prendre à la gorge, et attenter à votre bourse ou à votre vie.

L'acte de l'huissier porte en toutes lettres que, dans la brochure : AVIS AU PUBLIC, dont je me déclare l'auteur, il y a de *certaines imputations, qui, si elles étaient vraies, exposeraient le requérant* (M. Goyet) *au mépris et à la haine des citoyens.* Ces termes sont pris dans le Code pénal ; vous l'avez parcouru tant de fois, que vous le savez mieux que votre *Pater*. Vous trouvez donc les imputations que je vous fais capables de vous exposer au mépris et à la haine des citoyens.

Elles ne vous font effectivement guère d'honneur, et pourraient bien ne pas contribuer beaucoup à vous faire aimer. C'est fâcheux ; mais qu'y faire ? à qui s'en prendre ? Si elles étaient fausses et calomnieuses , il serait juste de vous en accorder une réparation convenable , proportionnée au délit , et qui pût rétablir tout l'honneur qu'elles vous auraient enlevé, ce qui ne serait peut-être pas très-difficile ; mais si ces imputations n'ont point été imaginées ; si elles ont été puisées dans une source irrécusable , dans des écrits qui portent votre nom , ou qui sont hautement défendus par vous , qu'aurez - vous à dire pour votre justification ? En voulant obtenir la réparation de votre réputation, vous acheverez de perdre ce qui vous en reste, et plusieurs , au lieu de vous plaindre , seront assez méchans pour se moquer de vous.

Je sais bien , M. Goyet , que je ne vous ai pas beaucoup ménagé ; je vous ai dit , ou j'ai dit de vous des choses un peu dures et difficiles à digérer; mais quand elles seraient encore plus dures , dussent - elles vous causer une indigestion , si elles sont vraies , de quoi vous servira - t - il de grogner , de vous plaindre , de murmurer , de faire tant de simagrées , d'envoyer des assignations , de déférer aux tribunaux , de provoquer des jugemens ? où tout cela aboutira-t-il ? A montrer au grand jour ce qui pouvait n'être pas encore connu de tout le monde , ou à réveiller ce qui était oublié. Voilà le profit que vous en retirerez.

Si j'avais un levain de haine dans le cœur, et l'ame tant soit peu noire , je me verrais avec plaisir citer par vous devant les magistrats ; je vous entendrais leur débiter vos complimens ordinaires , comme vous en débitez quelquefois à M.gr le Garde des sceaux , à M. le Préfet , à M. le Procureur du Roi. Vous vous fâcheriez probablement plus d'une fois, et moi je m'amuserais et j'amuserais les autres à vos dépens. Vous ne manqueriez pas de nous apporter de lourdes et pesantes citations du Code pénal , et de les appliquer, selon les règles de votre *saine logique*, aux crimes et délits que vous aurez dénoncés ; et moi, sans me fâcher, sans murmurer, je montrerais clairement et sans nul effort que les crimes dénoncés et si solennellement condamnés par vous, sont dans vos brochures et non dans les miennes ; que par conséquent c'est à vous tout juste, et non à moi, que la peine doit être appliquée : alors nous verrions qui rirait le dernier.

D'abord, je protesterais, ainsi que je l'ai déjà fait, que la haine et l'esprit de parti ne sont pour rien en moi contre vous. Je vous laissais parfaitement tranquille avant que vous vous fussiez mis dans la tête de nous occuper de vos rêveries. Je ne pensais point à vous troubler, et jamais je n'aurais parlé contre vous, si vous n'eussiez eu la témérité, vos consorts et vous, d'attaquer, dans de pitoyables écrits, les vérités les plus saintes, les principes les plus certains, les ordres de la société et quelquefois les personnes les plus respectables. Je n'ai pu retenir mon indignation, et je crois avoir eu le droit de la faire éclater. Je vous ai fait une promesse authentique, et j'y tiendrai ; il ne tient qu'à vous d'éprouver si je suis un homme de parole. Cessez d'écrire, ou écrivez d'une manière irréprochable, et je ne dirai mot. Mais tant que vous écrirez, et que vous vous aviserez de nous jeter aux yeux les désordres de votre esprit, s'ils ne sont pas de votre cœur, je vous traiterai, quand la fantaisie m'en prendra, comme vous le mériterez. Si vous vous fâchez, tant pis pour vous ; nous n'en rirons que mieux.

Mais enfin supposons que, pour soulager votre estomac et évacuer la bile qui vous suffoque, vous me traduisiez devant les tribunaux pour obtenir de moi la réparation que vous attendez, qu'arrivera-t-il ? Croyez-vous bonnement, qu'en vrai nigaud, je resterais là, comme un grand Nicodême, sans avoir rien à dire, ou que j'aurais recours à votre *saine logique* pour me défendre ? Je vous assure que je ne serais guère embarrassé, et que je n'aurais pas de peine à faire connaître la vérité à ceux qui, froidement et sans passion, nous écouteraient l'un et l'autre.

J'ai dit, il est vrai, et je ne m'en dédis pas, que vos brochures sont mauvaises, qu'il n'y a ni goût, ni jugement, ni bon sens ; vous ne m'en ferez sûrement pas un crime devant la justice. J'ai dit aussi, en parlant de vous et de vos associés, que vous êtes des menteurs, des calomniateurs, des ignorans et des impertinens : j'en ai en même temps donné des preuves à la page 21 ; j'en aurais facilement ajouté d'autres.

Si le vénérable Prélat qui gouverne ce diocèse méprisait moins vos vaines attaques, il aurait le droit de vous faire condamner comme calomniateurs : vous le dénoncez de la manière la plus injuste comme ayant été constitutionnel. Cette imputation est de nature à l'exposer *au mépris et à la haine* de ses diocésains, quoiqu'aux yeux des Prêtres et des Fidèles éclairés, les constitutionnels sincèrement convertis ne soient pas moins bien venus que ceux qui ont confessé la Foi : M. de Pidoll n'a jamais prêté le serment de fidélité à la Constitution civile du Clergé, ni pu le prêter, puisqu'il était en Allemagne, et n'est venu en France qu'à l'époque de la publication du Concordat, après la fin du régime constitutionnel.

M'accuserez-vous de vous avoir traités d'impies, après que vous vous êtes, en plusieurs endroits, constitués les défenseurs solidaires du libelle intitulé : *Pierre au Sermon*, qui n'est qu'un tissu d'impiétés ? Vous assurez qu'on en réimprimera (note 7, pag 75), après vous être fortement prononcés (pages 60 et 64) contre la critique qui en a été faite et qui a paru dans le journal de M. Fleuriot, du 11 mars dernier.

Je vous ai appelé frondeurs de toutes les autorités : c'est une mauvaise épithète, j'en conviens, mais ce n'est pas une calomnie, malheureusement pour vous; car je la désavouerais tout de suite, et cela serait fini par-là. Nous savons assez comment, depuis long-temps, vous traitez les autorités du Mans ; vous ne paraissez pas respecter plus les autres. Ces dénonciations perpétuelles que vous faites et que vous nous promettez dans vos brochures, nous montrent vos intentions à cet égard, et me dispensent de toute discussion sur ce point. Quand on ose dire, en parlant en général de ceux qui ont l'autorité : *Comment espérer union et oubli, pendant que les bourreaux administreront les victimes ? Oubli ! oui, pour tous les coupables subalternes, les faibles et les ignorans; mais non pour vous Torquemada modernes* Pag. 56. *Attendez, orgueilleux, vous le saurez quand vous serez partis ou tombés.* Page 60 , note 1.ere ; quand, dis-je, on ose se permettre ces expressions ; quand on s'annonce comme des *écrivains libres et courageux*, pour mettre *au grand jour les sottises des hommes en place*; quand, avec vos connaissances, on s'ingère à dénoncer au *tribunal de l'opinion publique tout ce qui paraît inique et en contravention avec la Charte ;* et lorsque, sous ce prétexte, on censure amèrement les sentences des tribunaux , comme vous le faites aux pages 3, 4 et 5 de votre Propagateur , ne mérite-t-on pas d'être regardé comme frondeur des autorités ? Je ne manquerais pas d'autres preuves, s'il m'en fallait.

J'ai dit encore que vous étiez ennemis jurés de la légitimité. Cette inculpation est grave et mérite une attention particulière. Mais vous voudrez bien observer que j'avais commencé par vous engager, page 20 de ma brochure, à faire une profession de foi politique non équivoque , parce que vous me paraissiez suspect de ce côté-là. Du moment où vous vous expliquerez clairement sur ce point important , et où vous professerez sans hésiter la saine doctrine, je déclare que mon assertion doit être regardée comme non avenue. Mais jusqu'à ce temps-là, vous me permettrez d'avoir sur vous des soupçons, et plus que des soupçons; car, à moins que je ne raisonne de travers comme vous, que dois-je conclure de certaines propositions développées, expliquées et soutenues, qui se trouvent dans vos brochures ou dans celles que vous adoptez?

Au commencement de votre premier Extrait, vous prenez effrontément, contre la police correctionnelle, la défense de M. Scheffer, légalement condamné comme auteur d'un libelle séditieux, dont le jugement a été confirmé et la peine réaggravée. A la page 59, vous déclarez que vous n'écrivez pas *pour les profonds administrateurs, les subtils théologiens et autres hommes instruits de notre département. Ces messieurs*, dites-vous, *lisent les ouvrages des Scheffer, des Benjamin, des Lanjuinais, des Crevel, etc.* Il est clair que vous approuvez le livre de Scheffer, que vous aimez qu'on le lise, que vous en recommandez les principes et la doctrine ; c'est du moins ce que veut dire et ce que signifie votre manière d'en parler. Or, ce Scheffer parle indignement de la personne sacrée du Roi, de son gouvernement et de son autorité : il voudrait que les députés s'arrogeassent le droit de traiter directement avec les puissances étrangères : il loue avec emphase la chambre des cent jours convoquée par l'Usurpateur, et qui avait proscrit à jamais la dynastie des Bourbons. Dans une note à la page 11, il ne rougit pas de dire : *Cette chambre des représentans fut courageuse jusqu'au dernier jour, et le 8 juillet encore elle en donna une preuve remarquable par sa protestation de ce jour.* Ce jour - là même le Roi faisait son entrée solennelle à Paris, et la veille on avait publié l'ordre aux chambres de se dissoudre. Tel est , M. Goyet , l'écrivain que vous vantez ; tel est le livre dont vous approuvez la doctrine , puisque vous en recommandez la lecture. Croyez-vous que , sur ce seul fondement , je n'aurais pas pu dire avec exactitude que vous n'êtes pas ami de la légitimité ?

A la page 76 du Propagateur , vous m'accusez de *mauvaise foi et de perfidie* , pour n'avoir pas copié tout entier le morceau où M. Barbier fait dériver l'autorité du Roi de la souveraineté du peuple. C'est là toute la réfutation que vous apportez contre moi. Vous approuvez donc le passage dans sa teneur, pourvu qu'il ne soit point tronqué. A cela ne tienne , monsieur , rien n'est plus facile ; je vais le copier tout au long avec ses antécédens et ses conséquens , et je prie ceux qui seraient tentés de me croire perfide ou de mauvaise foi , d'aller vérifier la citation dans *Pierre au Sermon* , page 27 , au bas , et page 28 , au haut.

« ARISTE. On dit souvent dans la chaire que
» Dieu , s'il ne châtiait un pécheur , manquerait
» aussi formellement à sa propre majesté , qu'un
» Roi qui ne punirait pas un esclave insubordonné.
» Quelle idée basse c'est se former du plus élevé
» des êtres ! LE ROI TIENT SA SOUVERAINETÉ DU
» PEUPLE QU'IL GOUVERNE. Par le Contrat social ,
» qui consacre cette convention , le peuple jure res-
» pect et soumission à la personne du Monarque.
» Enfreindre ce serment , c'est porter atteinte aux
» lois publiques; c'est menacer l'ordre social. En peut-
» il être ainsi de Dieu , qui crée les peuples et les ré-
» git de sa pleine autorité ? Croire qu'il ait besoin
» d'une réparation de notre part, n'est-ce pas lui don-
» ner les passions d'un homme ? n'est-ce pas le for-
» mer à son image ? » En voilà-t-il assez pour n'être
point accusé de perfidie et de mauvaise foi ?

Ce texte, je crois, en vaut la peine. D'après mon
catéchisme, dont je me rappèle un peu, il renferme
au moins une impiété de la première espèce. Mais ce
n'est pas là l'important; ce n'est rien pour vous, votre
ame est bien au-dessus de ces *vétilles*. Entendra qui
pourra le serment de respect et de soumission que le
peuple prête au Monarque *par le Contrat social qui
consacre cette convention, etc.* Cela ne me présente
aucune idée; je ne sais pas si c'est du Français : j'entendrais pour le moins aussi bien du Chinois. Mais le
point capital n'y est point obscur. La souveraineté du
peuple, telle que l'ont entendue nos maîtres modernes
en politique, y est si nettement exprimée, qu'il n'était
pas possible de trouver des termes plus propres et
mieux choisis. LE ROI TIENT SA SOUVERAINETÉ
DU PEUPLE QU'IL GOUVERNE. Cette proposition est
isolée et complète, renfermée entre deux points, faisant une phrase entière et indépendante.

Ainsi c'est du peuple, et du peuple qu'il gouverne,
que le Roi tient sa souveraineté, et non du peuple
qu'a gouverné le premier de ses ancêtres. Dès-lors
on ne doit pas dire qu'il est remonté sur son trône, il
n'y avait point de droit avant que le peuple le rap-
pelât; il ne doit dater son règne que de 1814, et la
Charte contient plusieurs faussetés intolérables. Au-
cun membre de sa Famille ne pourra lui succéder,
s'il n'est librement choisi par le peuple qu'il devra
gouverner : je sais parfaitement bien, M. Goyet, que
c'est là le systême de Rousseau, qu'il avait puisé chez
les disciples de Calvin, et qu'il a développé dans son
son fameux Contrat social ; je sais très-bien aussi que
les artisans de troubles et de désordres l'ont mis en
avant depuis long-temps, pour exalter les têtes et éga-
rer les peuples, et qu'un grand nombre d'hommes,
auxquels vous paraissez fort attaché, l'ont solennellement proclamé depuis la révolution comme un dogme

politique. Mais il n'en est pas moins vrai, de l'aveu de tout le monde, que ce système est diamétralement opposé à la légitimité, comme les ténèbres le sont à la lumière, et le mensonge à la vérité.

Nous entendons par la légitimité un droit héréditaire à une couronne, de la même manière que les enfans obtiennent par succession les biens de leur père. D'après les lois établies en France, et en vigueur depuis l'origine de la Monarchie, le trône appartient en justice, par ordre de primogéniture, aux Bourbons, et leur appartiendra toujours tandis qu'il subsistera quelque rejeton de cette illustre Famille, l'aînée de l'Europe et probablement du monde entier. Vous voyez bien que je ne tâtonne point, et que je dis clairement ce que je pense. Nous professons cette doctrine sans déguisement et sans tergiversation. Accordez-la, si vous le pouvez, avec le texte que j'ai cité ci-dessus, sans y mettre *de mauvaise foi, et de perfidie ;* et alors il s'ensuivra que je ne vous aurai pas bien entendu. Si vous ne pouvez opérer cette conciliation d'une manière satisfaisante, désavouez ce texte, ou au moins l'approbation que vous lui avez donnée, et faites-le sans tergiversation et sans détour; autrement je vous préviens que je persiste dans mon sentiment, et que je vous appelerai tant que je voudrai ennemi de la légitimité, et de là dériveront naturellement les opinions anti-monarchiques et révolutionnaires.

Vous voyez que les preuves ne me manqueront point au besoin, et que je pourrai facilement, sans aller fouiller dans votre conduite passée, ni dans vos actions domestiques, prouver, démontrer à tous ceux à qui il appartiendra, ce que j'ai avancé de plus grave contre vous. Si je voulais ramasser vos accusations, vos plaintes, vos sarcasmes, vos dérisions, vos tons et vos affectations, comme il me serait aisé de faire voir que de tout cela il s'exhale un air infect, semblable à celui qu'on a respiré si long-temps en France! Je vous avertis charitablement de tout cela, afin que vous ne soyez point pris en traître ; vous ferez ensuite ce que bon vous semblera. Je vous parle ici en ami. Si mes imputations vous déshonorent, vous ne devez vous en prendre qu'à vous-même, et il ne tient qu'à vous de les faire disparaître en vous justifiant par des écrits autrement faits que ceux dont vous nous fatiguez depuis un certain temps.

Si je n'avais pas déjà été plus loin que je ne voulais, je trouverais, par forme de supplément, de nouvelles preuves de votre mauvaise foi dans le VIIe N.° du Propagateur. Par exemple, j'ai sous les yeux certains N.^{os} du Mémorial que vous falsifiez, que vous corrompez de la manière la plus révoltante et la plus injurieuse pour M. le Préfet. Ce n'est point dans le N.° 42, c'est dans le supplément au N.° 46 qu'il signale les efforts de l'agiotage ; vous citez une Circulaire du 27 décembre, elle est du 21 novembre. M. le Préfet ne *sollicite pas l'abandon de ce qui doit revenir aux préteurs en faveur des Fabriques, des Curés, des Desservans, très-dignes objets de sa constante sollicitude.* Il observe seulement que dans plusieurs bourgs ou villes du département, les contribuables ont fait l'abandon de ce qui devait leur revenir, et l'ont affecté *suivant la nature des besoins, soit au bénéfice de la Fabrique, des Hospices, Bureaux de bienfaisance, soit à l'acquisition d'une maison presbytérale, soit à un supplément de traitement pour le Curé ou pour le Vicaire, soit enfin à d'autres objets d'une utilité publique et commune à la Paroisse.* On voit votre exactitude à copier ou à prendre le véritable sens des phrases de M. le Préfet.

Dans sa Circulaire du 27 novembre, M. le Préfet ne disait pas seulement à MM. les Maires, comme vous lui faites dire page 96. *Le titre que vous leur*

*concederiez devrait être légalisé par moi ; il disait:
légalisé et approuvé par moi.* Ce mot vous gênait ;
et, selon votre délicatesse et votre probité ordinaires,
vous le supprimez pour être plus à votre aise. Je n'en
dis pas davantage aujourd'hui, car je ne peux plus y
tenir ; je me fâcherais sérieusement. J'aperçois encore
trois ou quatre mensonges d'un coup.

Cependant je dirai, non pour vous, vous ne le mé-
ritez pas, mais pour les intéressés, que les prêteurs,
dans l'emprunt des cent millions, n'auront jamais lieu
de regretter les 63 pour 100 qu'on leur a offerts ; je
sais de bonne part, sans être sorcier, qu'avant la fin
du mois ils recevront au moins 80 pour 100. Ainsi
ils verront qui de vous ou de moi connaît mieux leurs
intérêts.

F I N.

www.ingramcontent.com/pod-product-compliance
Lightning Source LLC
Chambersburg PA
CBHW050737070726
47597CB00009B/3961